Charlie Seal Meets a ...
Charlie le phoque rencontre une fée

Just Imagine

Children's Stories /
Histoires pour enfants

CAVERN
OF DREAMS
PUBLISHING

Mary M. Cushnie-Mansour

Illustrations by / Illustrations de **Kate Pellerin**

French Translation by / Texte français de **Lisette Martineau**

Ordering Information: Books may be ordered through Cavern of Dreams Publishing: www.cavernofdreams.com

43 Kerr-Shaver Terrace, Brantford, ON, Canada N3T 6H8

519-770-7515 or 519-753-4649

(Discounts are available for volume orders)

Renseignements sur les commandes : Les livres peuvent être commandés en s'adressant à Cavern of Dreams Publishing : www.cavernofdreams.com

43 Kerr-Shaver Terrace, Brantford, ON, Canada N3T 6H8

519-770-7515 ou 519-753-4649

(Certains rabais peuvent être obtenus pour un plus grand nombre de commandes.)

Library and Archives Canada Cataloguing in Publication

Cushnie-Mansour, Mary M., 1953-, author
     Charlie Seal meets a fairy seal / Mary M. Cushnie-Mansour ; illustrations
by Kate Pellerin ; cover art by Kate Pellerin ; translations by Lisette Martineau,
Translations Paris Traductions = Charlie le phoque rencontre une fée / Mary
M. Cushnie-Mansour ; illustrations de Kate Pellerin ; art de couverture de Kate
Pellerin ; texte français de Lisette Martineau, Translations Paris Traductions.

(Just imagine)
Text in English and French.
ISBN 978-1-927899-67-0 (softcover)

     I. Pellerin, Kate, 1997-, illustrator II. Martineau, Lisette, 1948-, translator
III. Cushnie-Mansour, Mary M., 1953- . Charlie Seal meets a fairy seal. IV. Cushnie-
Mansour, Mary M., 1953- . Charlie Seal meets a fairy seal. French. V. Title.
VI. Title: Charlie le phoque rencontre une fée.

PS8605.U83C43 2017   jC813'.6   C2017-901542-7E

Catalogage avant publication de Bibliothèque et Archives Canada

Cushnie-Mansour, Mary M., 1953-, auteur
     Charlie Seal meets a fairy seal / Mary M. Cushnie-Mansour ; illustrations
by Kate Pellerin ; cover art by Kate Pellerin ; translations by Lisette Martineau,
Translations Paris Traductions = Charlie le phoque rencontre une fée / Mary
M. Cushnie-Mansour ; illustrations de Kate Pellerin ; art de couverture de Kate
Pellerin ; texte français de Lisette Martineau, Translations Paris Traductions.

(Just imagine)
Texte en anglais et en français.
ISBN 978-1-927899-67-0 (couverture souple)

     I. Pellerin, Kate, 1997-, illustrateur II. Martineau, Lisette, 1948-, traducteur
III. Cushnie-Mansour, Mary M., 1953- . Charlie Seal meets a fairy seal. IV. Cushnie-
Mansour, Mary M., 1953- . Charlie Seal meets a fairy seal. Français. V. Titre.
VI. Titre: Charlie le phoque rencontre une fée.

PS8605.U83C43 2017   jC813'.6   C2017-901542-7F

Long ago, a most terrible incident occurred in the far-off Kingdom of Seals. The land froze harder than ever before, and the winds blew colder than ever before, laying everything to a barren white wasteland of ice.

Il y a très longtemps, un événement terrible se produisit dans le Royaume lointain des phoques. La terre avait gelé encore plus dure qu'auparavant et les vents du Nord avaient soufflé de l'air encore plus froid que jamais, transformant tout en un terrain blanc aride et inutilisable de glace.

The seals all managed to escape their homes before the climate became too harsh—all but one. Charlie Seal just kept on playing. He thought there was plenty of time before he would have to leave. He wouldn't listen to anybody about the impending danger because he was having too much fun in the snow and icy waters.

Tous les phoques avaient réussi à s'enfuir de leur maison avant que le climat ne devienne trop rigoureux — sauf pour un seul. Charlie le phoque avait continué à jouer. Il avait pensé à ce moment-là qu'il avait encore beaucoup de temps avant qu'il ne doive quitter sa maison. Il n'avait voulu écouter personne concernant le danger menaçant parce qu'il s'amusait beaucoup trop dans la neige et les eaux glacées.

Suddenly, Charlie Seal found himself alone. All the seals had left in search of a warmer place to live. Even his mother, father, and brother were gone. They had tried to convince Charlie to pack up his things, but he had been too busy playing. Finally, they had no choice but to leave him

behind. Now, Charlie could not even play anymore for there was no snow or water anywhere—just cold, hard ice. Charlie Seal sat down and wept.

Tout à coup, Charlie le phoque s'était retrouvé seul. Tous les phoques étaient partis en quête d'un endroit plus chaud où vivre. Même sa mère, son père et son frère étaient partis. Ils avaient essayé en vain de convaincre Charlie de faire ses valises, mais il avait été trop occupé à jouer. Enfin, ils n'avaient pas eu d'autre option que de l'abandonner. Maintenant, Charlie ne pouvait même plus jouer parce qu'il n'y avait plus de neige ni d'eau nulle part—seulement de la glace froide et dure. Charlie le phoque s'assit et pleura.

Charlie Seal cried deep into the night. Maybe my tears will melt the frozen tundra, he thought. But, they didn't. Charlie Seal fell asleep, huddled against a hulking mountain of ice.

Charlie le phoque pleura longtemps dans la nuit. Il pensa que peut-être que ses larmes auraient fait fondre la toundra gelée. Mais, ceci ne s'était pas produit. Charlie le phoque s'était endormi, pelotonné contre une montagne de glace imposante.

Charlie Seal dreamed. He dreamed sweet dreams of palm trees, and green grass, and wavy oceans. He dreamed of romping in waves with his friends. He dreamed of a delicious fish dinner with his brother, Joseph Seal. He dreamed of his mother and father tucking him into bed at night, safe and secure, with the knowledge that they were close by. He dreamed on and on, and when he awoke from his fitful slumber, his tears were still pouring forth.

Charlie le phoque rêva. Il rêva de beaux rêves de palmiers, d'herbe verte et d'océans ondulés. Il rêva à s'amuser dans les vagues avec ses amis. Il rêva à un repas de poisson délicieux avec son frère, Joseph le phoque. Il rêva à sa mère et à son père qui le mettaient au lit le soir, en sûreté et en sécurité, avec la connaissance qu'ils étaient près de lui. Il rêva à n'en plus finir et lorsqu'il se réveilla de son sommeil agité, ses larmes jaillissaient encore.

Charlie Seal gazed upward. He must have slept through a whole day because stars were beginning to light the night sky. Suddenly, Charlie noticed an extra big sparkle in the distance. It came closer and closer. It shone so brightly that its intensity almost blinded Charlie Seal. Before he realized what was happening, a small seal, sprinkled with gold dust, landed on the ice beside him. She smiled the sweetest of smiles.

Charlie le phoque fixa son regard vers le haut. Il avait dû dormir pendant toute une journée parce que les étoiles commençaient à éclairer le ciel nocturne. Tout à coup, Charlie remarqua au loin un éclat beaucoup plus grand, lequel l'approchait de plus en plus. Ça brillait tellement fort que Charlie le phoque fut presque aveuglé par son intensité. Avant qu'il ne puisse réaliser ce qui se passait, une petite femelle phoque, saupoudrée de poussière d'or, atterrit sur la glace à côté de lui. Elle souriait le plus joli des sourires.

"Good evening, Charlie Seal," her voice echoed like church bells in the evening. "I am Alexandra, the Fairy Seal of the North. I have come to help you out of your troubles."

Charlie seal was amazed. He studied the beautiful creature in front of him and fell instantly in love. "I am at your service," he said as he bowed as low as was possible for a seal of his stature.

« Bonsoir, Charlie le phoque, » sa voix faisait écho tout comme le font les cloches d'église le soir. « Je suis Alexandra, la Fée des phoques du Nord. Je suis venue pour t'aider à te sortir de tes difficultés. »

Charlie le phoque était émerveillé. Il étudia la belle créature devant lui et il en devint amoureux immédiatement. Il lui dit « Je suis à votre service, » pendant qu'il s'inclinait le plus bas possible pour un phoque de sa taille.

"No, Charlie Seal, I am at your service. I have been sent by my mother, Jerusa, who is the Queen of the Fairy Seals. She has seen how sorry you are for your frivolity, and she has asked me to grant you three wishes with the hope that matters for you can be made right again." She paused. "Would you like to have a moment to think about what you will wish for, or do you want to get started?" The fairy seal smiled.

« Non, Charlie, je suis à ton service. J'ai été envoyée par ma mère, Jerusa, qui est la Reine des fées des phoques. Elle a observé à quel point tu es désolé de ta frivolité qu'elle m'a demandée de t'accorder trois souhaits pour remettre les choses en ordre de ce qui a de l'importance pour toi. » Elle prit un moment. « Veux-tu prendre un moment pour réfléchir à ce que tu veux souhaiter obtenir, ou veux-tu commencer tout de suite? » La fée phoque lui sourit.

"Wow! Three wishes!" Charlie Seal rubbed his flippers together. "I think I'll start now. I wish I were with my family and friends." Charlie Seal stopped and waited. Nothing happened.

"Go on Charlie; you must make all three wishes before anything happens."

« C'est sensationnel! Trois souhaits! » Charlie le phoque frotta ses nageoires ensemble. « Je crois que je vais commencer maintenant. J'aimerais bien être de retour avec ma famille et mes amis. » Charlie le phoque s'arrêta et attendit. Rien ne se passa.

« Vas-y! Charlie, tu dois formuler trois souhaits avant que quelque chose ne se passe. »

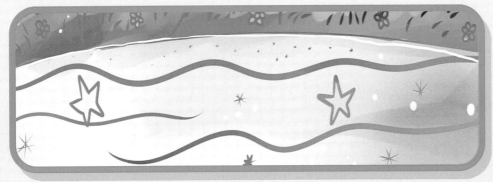

"Oh, okay. Then next I wish for our home to go back like it used to be, with green grass and trees, and lots of big, warm waves to play in."

"One more, Charlie," the Fairy Seal, Alexandra, said. "One more and then all your wishes will be granted."

« Ah! D'accord! Mon prochain souhait est celui que notre maison se transforme en ce qu'elle était auparavant, avec de l'herbe verte et des arbres, et beaucoup d'immenses vagues chaudes dans lesquelles jouer. »

« Un souhait de plus, Charlie, » dit Alexandra la Fée des phoques. « Un de plus, pour que tous tes souhaits te soient accordés. »

Charlie seal thought and thought. This was a hard decision to make. He would be happy with just the two wishes he'd already made, but he could not have them until he made the third one.

He thought and thought some more until he felt his brain was going to explode. Suddenly, he had a bright idea! "I wish that something terrible like this," he waved his flipper around the barren wasteland, "wIll never, ever happen again." Charlie was happy with his last wish. His chest puffed out with pride.

Charlie le phoque réfléchit longuement. C'était une décision difficile à prendre. Il aurait été heureux juste avec les deux souhaits qu'il venait de faire, mais ils ne lui seraient pas accordés à moins qu'il en fasse un troisième.

Il réfléchit longuement encore une fois jusqu'au point où son cerveau allait exploser. Soudainement, il eut une idée lumineuse! « Je souhaite qu'il ne se produise jamais encore un événement aussi terrible que celui-ci, » il déclara alors qu'il agitait sa nageoire vers le terrain aride et inutilisable. Charlie était content de son dernier souhait. Il se gonfla la poitrine d'orgueil.

"As you have wished, Charlie Seal," and with a wave of her magic wand, "so it shall be."

Charlie seal was once again blinded by a bright light. When he reopened his eyes, everything was back to normal, but the Fairy Seal was gone. Charlie seal gazed up into the sky, hoping to catch a last glimpse of her. Far in the distance, he noticed a bright, twinkling light and he was almost positive that it waved to him.

« Tout comme tu as souhaité, Charlie le phoque. » Et d'un coup de baguette magique, elle dit : « C'est ce qui se passera. »

Charlie le phoque fut encore une fois aveuglé par la lumière brillante. Lorsqu'il ouvrit les yeux à nouveau, tout était rentré dans l'ordre, mais la Fée des phoques était partie. Charlie le phoque porta son regard vers le ciel, espérant l'apercevoir une dernière fois. À une certaine distance, il observa une lumière brillante et scintillante et il était presque certain qu'elle lui avait fait signe.

"Hi, Charlie, want to play ball?" Joseph Seal, Charlie's brother, asked excitedly.

Charlie looked around. All the ice and snow was melted. Palm trees swayed lazily in soft, summery breezes. Seals barked in delight as they bounced around on the high ocean waves. Charlie heard his mother calling him for a nice fish dinner. All of Charlie Seal's wishes were coming true.

Never again did the cold, north winds blow in the Kingdom, and all the seals lived happily ever after in their new paradise—thanks to Charlie Seal and his three wishes!

« Bonjour, Charlie, veux-tu jouer à la balle? » Joseph le phoque, le frère de Charlie, demanda avec excitation.

Charlie regarda autour de lui. Toute la glace et la neige avaient fondu. Des palmiers se balançaient paresseusement dans les brises douces estivales. Les phoques aboyaient de joie pendant qu'ils rebondissaient sur les hautes vagues de l'océan. Charlie entendit sa mère qui l'appelait à venir pour un bon repas de poisson. Tous les souhaits de Charlie le phoque se réalisaient.

Jamais encore les vents froids du Nord ne souffleraient à travers le Royaume. Tous les phoques vécurent heureux pour toujours dans leur nouveau paradis—grâce à Charlie le phoque et à ses trois souhaits!

Questions

1. **What horrible incident happened in the kingdom of Seals?**
   Quel incident terrible s'est produit au royaume des phoques?

2. **What did the seals do? What did Charlie Seal do?**
   Qu'est-ce que les phoques ont fait? Qu'est-ce que Charlie le phoque a fait?

3. **After his family and the other seals left, what did Charlie do?**
   Après le départ de sa famille et des autres phoques, qu'est-ce que Charlie a fait?

4. **What did Charlie dream about?**
   À quoi rêvait Charlie?

5. **When Charlie Seal woke up, it was night time—what did he see?**
   Lorsque Charlie le phoque se réveilla, c'était pendant la nuit — qu'a-t-il vu?

6. **Why did the Fairy Seal appear to Charlie? What did she grant him?**
   Pourquoi est-ce que la Fée des phoques est apparue à Charlie? Qu'est-ce qu'elle lui a accordé?

7. **What were Charlie's three wishes?**
   Quels étaient les trois souhaits de Charlie?

8. **After the Fairy Seal left, what happened?**
   Après que la Fée est partie, que s'est-il produit?

9. **Which of the three wishes do you think was the most important?**
   Lequel des trois souhaits pensez-vous était le plus important?

Key words / Mots clés

English	Français
ice	glace
snow	neige
alone	seul
cold	froid (m.) / froide (f.)
frozen	gelée
mountain	montagne
dreamed (v. to dream)	rêva (v. rêver)
waves	vagues
stars	étoiles
sky	ciel
smiles	sourires
amazed	émerveillé
wishes	souhaits
to think (v.)	réfléchir (v.)
grass	herbe
trees	arbres
melted	fondu

- ◆ (v.) indicates the verb
- ◆ (v.) indique le verbe

- ◆ (f.) indicates the feminine form / (m.) indicates the masculine form
- ◆ (f.) indique le feminin / (m.) indique le masculin

Mary M. Cushnie-Mansour

Mary M. Cushnie-Mansour resides in Brantford, ON, Canada. She has a freelance journalism certificate from Waterloo University, and in the past, Mary wrote a short story column and feature articles for the Brantford Expositor. She has published collections of poetry and short stories; biographies; and the popular "Night's Vampire Series." Over the years, Mary penned several children's stories, which she has now published as the "Just Imagine Children's Stories." These delightful books are not only bilingual, but they have activities for the children to work at, as well. Mary strongly believes in encouraging children's imaginations. You can contact Mary through her website www.writerontherun.ca or via email at mary@writerontherun.ca

This story is dedicated to
all the seals that now live "happily-ever-after"
because of Charlie Seal's lesson well-learned!